어느 외출

송미정 시집

권그
미디어

초판 발행 2014년 10월 15일
지은이 송미정
펴낸이 안창현 **펴낸곳** 코드미디어
북 디자인 Micky Ahn **교정 교열** 최윤성

등록 2001년 3월 7일
등록번호 제 25100-2001-5호
주소 서울시 은평구 갈현1동 419-19 1층
전화 02-6326-1402 **팩스** 02-388-1302
전자우편 codmedia@codmedia.com

ISBN 978-89-94178-96-7 03810

정가 10,000원

송미정 시집

언제부턴가
나를 찾아오는 고양이가 있습니다.
내 창에서 마주 보이는 언덕에
오래 앉아 있지요.
무엇을 기다리느냐고
내가 창을 열면
무언가 할 말이 많은 듯
내 시선을 오래 잡고 있습니다.
그에게 내가 해줄 수 있는 것은
그의 외로움에 말 한마디 건네는 것과
내 먹이 하나 나누어 주는 것뿐입니다.
어느 한편에
그렇게 살아온 목숨들은 늘 있었을 테지만
요즘 들어 그 외로운 삶들이
자꾸만 내 앞에 부각됩니다.

시가 되도록 곁에 있어준
외로움에서부터
절망과 슬픔 그리고
언제나 말없이 응원을 보내는
꽃과 나무들 모두에게 감사하며
처음 시를 세상에 내놓던 그 마음으로
지금 이 자리에 서 있습니다.
모두에게 오늘이 특별한 선물이기를 바라며

2014년 가을 어느 날에 송미정

contents

01

따뜻한 말

02

오래된 습관

contents

03

봄, 그 수채화

04

그 바람을 듣네

contents

05

심심한 편지

01
따뜻한 말

바람의 주소지

살을 스치는
바람이 아프다
어디일까
아련한 이 바람이 시작된 그곳은

오래전 몇 발자국으로 지나쳐 온
이국의 어느 길목일까
마로니에 그늘의 노천카페
웅성거리던 그 베고니아 꽃잎일까
어느 먼 기억의
한 모퉁이를 돌아 나와
나를 흔들고 지나가는
이 쓸쓸한 바람의 주소지는

뜨거운 샘

내 몸 어느 한 곳에
스스로 깊어지는
샘 하나 있다

질주하는 시간의 속도를 따라
수심은 날로 깊어져
아득한 강의 깊이를 닮은

무른 마음이 출렁거려
언제나 위험한 수위
그 아슬아슬한 경계를
간신히 버티고 있다

감정의 돌부리에 걸리면
울컥
뜨겁게 넘치기도 하는

풍경 읽기

내 강아지 즐거운 꼬리처럼
가벼운 유희처럼 환한
바람 앞에서 웃는
저 꽃들 좀 봐요

흔들리는 풍경
휘청거리는 오후를
어지러워 나는 돌아서는데

처음 온 사랑처럼
밀고 당기는
저 끈끈한 관계들 좀 봐요

'피할 수 없으면 즐겨라'
온몸으로 써가며
간지럼처럼 웃는
저 긍정의 정신 좀 봐요

풍경 읽기 2

가랑잎과 바람이 순간 다툼을 벌이는
까칠한 풍경 속으로 들어온 *장끼 한 마리
검불을 몇 차례 시들하니 쪼다가
햇살이 몽글몽글 달린 마른 꽃나무 옆에
무료한 시간을 앉힌다
가까이 있다는 것은 가장 든든한 유혹의 미끼
그 외로움에 다가서려고 몰래 미닫이창을 열면
'제발 그냥 좀 내버려둬요' 으름장 놓듯
화려한 차림새를 부풀린다
짝사랑에 익숙한 나
한나절을 따라 다니며
바람둥이는 아닐까 셈하기도 하다가
그도 슬픈 웅덩이 하나 지녔는지
시무룩해져서 그늘처럼 머물 때는
함께 골똘해진다
아주 천천히 제 그림자를 끌고
고요한 풍경 속을 나갈 때까지
허락되지 않은 동행

---

*수꿩

살구

나를 자극한 무엇도 없이
우연히 들어선 골목이었다
긴 여정을 맞아 줄
따뜻한 손길은 없었는지
울타리 안으로 추락한 그들의 상처가
내 아픈 자리 같았다
흉터 하나씩 물려받은 무늬 같은
둥근 몸이 품은 냄새가
어느 가슴에도 하나씩
오래 간직했을 그리운 향기로
상처에서 흐르고 있었다
마당을 구르는 존재를 아는지 모르는지
집안의 밝은 인기척에 말을 걸고 싶었지만
울타리 안과 밖의 경계
끝내 허물지 못했다
집으로 돌아오는 내내
이맘때면 돈으로 그 시절을 사던 내 안에서
마당을 구르던 그것들이
자근자근 아프게 밟혔다

길 위의 날

바람도 가고
새들도 가도
서어나무 삼나무 팽나무도 가는
아득히 깊은 숲을 갑니다
구부러져서도 살고
부러져서도 살고
서로 기대서도 살다가
더러는 잠인 듯 오래 눕기도 하는 거라고
숲은 은밀한 마음속까지 드러냅니다
무겁다 버겁다고 비명으로 넘어 온
내 언덕은 차마 견주지도 못하고
미안하고 미안해져서
부끄러운 내 흔적들 이름으로
돌탑 하나 세워줍니다
그러려니 에두르며 가자고
그리운 당신도
그렇게 살아가려니 미루어 생각하며
저무는 가을 길
*사려니 숲을 갑니다

---

* 제주시 조천읍

*가천마을에서

산허리에 등 기대고
파도 소리에 설핏 잠이 든다는
그대 삶을 엿보고 싶었지요
굽이진 길을 오래 걸어온 내 삶에
아직 견디어야 할 것이 있다고
긴 그림자를 끌고 가는 길목은
가파른 비탈길만 내 줍니다
반복되는 일상을
새로운 시작처럼 일으키는 바다
그 푸른 물결이
한나절을 홀로 서성거리는 마음을 씻어
다랭이 논처럼 첩첩이 얹혀있는
어제 그 어제의 그리움들
조금은 놓아주기로 했습니다
하루를 일렁이다 고요히 저무는
저 바다를 품으면
마음속 티끌 하나쯤이야
없는 듯 살 수 있을 거라고
흙을 만지는 사람들처럼
풍경 속 풍경으로
그 자리에 남고 싶었습니다

* 남해 다랭이 마을

가지 못한 길

우연히 올려다 본 내 창으로
조각달이 길을 내고 있다
몇 발 건너에서 작은 별 하나
발소리도 없이 다소곳이 따라 걷는데
말은 건넸는지
마음은 보였는지
내 창을 다 가도록
거리가 좁혀지지 않는다

한 발자국 가까이
한 발 더 가까이 가고 싶던
몇 발 건너의
그 아득했던 거리
닿을 수 없어
눈부신 길이었음을
바라보니
아름다운 날들이었음을

바람처럼 물처럼
-청산도 슬로길에서-

바람처럼 물처럼
흐르는 듯 걸었어요
들풀들 나지막히 말 걸어오지만
살아오며 말 많았으니 눈웃음만 나누고
바다의 유혹에도 벗어나지 않고
구름 흘러가듯 그렇게 걸었어요

등에 진 짐 꾸러미는
목적지가 어디인지
내려도 줄지 않는 그 무게를 지고
돌아 돌아서 또 구부러지는
옛 시절을 걸었어요

언덕너머는 또 하나 미지의 세상
넉넉한 용서라도 받은 듯
어깨에 걸린 무게 어느 새 잊으면서
길이 끝없다는 행복한 불평도 밟았어요

그 길을 다 걸어도

나 아닌 내가 될 수 없지만
수행자의 마음을 흉내 내며
바람처럼 물처럼 그렇게 걸었어요

따뜻한 말

참 따뜻하다
차 한 잔이란 말

마른 풀잎에 맺힌
한 방울 이슬 같고
나른한 오후의
비타민 같은 말

연분홍 나팔꽃잎처럼
속이 환해지고
시린 손 잡아주는
그대 체온 같은 말

마음과 마음 사이
마침맞게 놓여지는
징검다리 같은
차 한 잔이란 말

*산막이 길에서

산 능선을 걸어가는
소나무들을 보았다
내가 이만치 아래서
풍경에 갇혀 있는 동안에도
쓰러질 듯 넘어질 듯
꿋꿋이 길을 가고 있었다
바라보는 곳마다 화사한 꽃밭인데
구부러져서 가는 나무들의 길로
자꾸만 마음이 따라갔다
언제부터 저 가파른 길을 가고 있는지
한 순간도 멈추지 않는 그들을 따르려다
잠깐씩 내 길을 잃기도 했지만
묵묵한 그 흐름을 외면 할 수 없었다
부르터서 쓰린 서로를 응원하며
오래전에 떠나 온 고향으로 가자고
손에 손을 잡은 내 피붙이들의
고단한 행렬을 보았다

---

*충복 괴산

이별유감

그리 오래 걸리지는 않겠다
하늘 한편이 휑해지는 그런 날이 있으나
돌아서면 밥을 먹고
잠을 자고 이야기를 한다
마치 오래도록 소식 없이
그가 저쪽 편에 있던 그 어느 때처럼
거기 있는 것처럼

하늘을 보면 문득
드러나는 부재
그 부재의 거리가 아득해서 목이 멜 때
산 뻐꾸기처럼 숨어서 조금씩 운다
그리고 또 아무 일도 없는 것처럼
밥을 먹고 잠을 자고
미안하게도 웃으며 이야기를 하고
그러노라면 하루가 가고
또 한 달이 가고
그를 잊는 일
그리 오래 걸리지는 않겠다

홍성에서

하룻밤 뜬눈으로 지샌다고
내일이 달라질 건 없으리라
너 사는 마을의 밤을 눈빛으로만 밝히려고
흐릿한 실내를 소등하니
저수지 건너편 고즈넉한 풍경이 펼쳐지고
접근 금지를 말하듯
검푸른 산그늘이 물에 잠겨
이승의 경계를 선명히 긋고 있었다
나지막한 산등성이에 기댄 이들은
침묵을 배우는 사람들일까
서너 개의 불빛이 유지한 안전거리는
들여다볼수록 고독이다
내가 한때 동경했던 외진 삶을 펼쳐놓았다면
저 그림이 되었으리라
통행금지령이라도 내린 듯
물새 한 마리 바람 한 줄기 없는 정지된 풍경이
다른 세상인 듯 느껴져
돌아앉지도 못하는 슬픔을
그 밤 내내
물 건너 불빛이 글썽이고 있었다

한 시절은 가고

측백나무가 홀로 흔들린다
재잘대는 새 소리가
나무를 흔든다
나뭇가지마다 오종종
걸음들이 불안하다
옆의 덩굴장미로
겁도 없이 건너뛰는 하나
당황한 측백나무가 소란해진다
어미의 걱정과 아기들의 응석이
세상의 저녁을 끌고 간다
측백나무 속 아늑한
저 한 시절은 가고
나는 저들 중 누구였을까

한 뼘의 삶

길을 가다 잘려진 삶 하나를 본다
오손도손 마주보며
세월을 이야기하다 지치면
고요히 붉어져 고개 떨구던 나무들
그 중 하나가 어느 날 갑자기 사라졌다
아픈 기척도 없이
속으로 앓고 있었던 것일까
내가 수시로 오고 간 거리
한번쯤 그 품에서 비를 피했던 때도
지그시 그 몸에 기대어
누군가를 기다리던 날도 있었을 것이다
남겨진 둥치에서 일어난
희미한 의식 하나가 이름을 말해주고 있는
그의 실종 앞에 오래 머문다
한 뼘만큼 남은 삶 위에
누군가 그 또한 무거운 생을 놓았다 갔는지
닳아진 슬픔이 매끄럽다
저 깊이에서 길을 찾고 있을
그의 뿌리는 알고 있을까
저 한 뼘의 운명을

문안

발이 그렇게 고운지 몰랐다

병실 침대를 정리할 때

잔뜩 겁을 먹은

어머니의 두 발이 보였다

태어나 처음 겪는 병원 신세에

조그맣게 움츠린

두려운 두 발이 파르르 떨고 있었다

내 손바닥보다도 작은 발

아기 발처럼 뽀얗고 통통해서

도저히 아흔 해를 걸어 온 발 같지 않았다

자갈길 비탈길의 날들과

서러운 맨발의 시간들을

동동거리며 걸어 온

그 발이 저 발일까

험하지 않은 길을 험하게 걸어와

일그러진 못생긴 내 발을 생각하며

험한 길을 순하게 걸어온

어머니의 고운 두 발을 문안했다

02

오래된 습관

풍경 하나

삼월이 부려놓은 눈꽃을 밟으며
한낮 기차는 지나가고

굳게 입 다문 간이역에
흐느낌으로 남은 바람

발자국을 따라가는
또 하나의 발자국은
봄꽃 피는 마을로 가고

철길을 서성이며
기다림을 배우는
늙은 미루나무 그림자 하나

푸르른 날들

한낮의 느슨해진 시간을
가물가물 간섭하는 나른함에 맞서다
책갈피에 졸음을 끼워두고 나섰습니다
나를 지나간 바람의 발자국이
아릿한 상채기로 남고
울타리 밖도 안처럼 고요만 서성여
우두커니 서 있는 한 때가
잠결인 듯도 했습니다
고요는 가끔 늪처럼 아득해서
기침소리마저 저절로 묵음이 되는
어느 먼 여행지에 홀로 선 이방인이 된 듯해서
마음자리가 문득 축축해졌습니다
오랜 가뭄을 적신 빗줄기에 넉넉해진 나무
그 너그러운 그늘에 기대니
내가 끌고 다닌 정적만큼 숨죽인
풋감들이 버려진 듯 떨어져 있었습니다
모든 것 다 제쳐두고
주워 담고 싶었습니다
그 푸르른 날들을

쓸쓸한 일

비는 내리는데
그 비를 맞고 되돌아 온 우편물 하나
어디를 얼마나 헤매다 왔는지
후줄근히 지쳐 있다
헤진 몸 품에 안으니
글썽이듯 번지는 이름

돌아보면
함께 웃을 일도
울 일도 없던 이름이지만
생의 한 페이지에서 지우는 것
참 쓸쓸한 일이다

젖은 감나무에서
툭
풋감 하나 떨어지는데
하염없이 비는 내리는데

버팀목

내 마음을 내가
다스리지 못할 때도 있거늘
괜찮다 괜찮다고
쓰러진 접시꽃을 일으켜 세운다
붉디 붉은 저 마음을 들고
어디로 가려는지
바람은 연신 길을 묻는데
세상 모든 꽃길이
꽃길은 아니어라
허리춤에 버팀목 대주고
곁에 턱 받치고 앉으니
나는 시드는 접시꽃인가
괜찮다 이만하면 괜찮다고
시들해진 마음 밭에도 누가
버팀목 하나 놓아 주었으면

방관자

마늘 밭 하나 건너
파란 대문 집 옆에 그가 산다
사철 바람이 관통하는
반 평도 안 되는 그곳에서
십여 년간 자잘한 발소리를 간섭하던 그가
요즘 부쩍 말수가 줄었다
이제 이만치서
부러 내가 컹컹 짖어도
그는 말이 없다

힘겹게 돌아눕기라도 하는 걸까
커다란 덩치의 미세한 기척이
차마 다가서지 못하는 이쪽에서
나는 궁금한데
오래 가두어진 저 생 앞에
나는 왜 말을 아끼는지
애써 피하려는 눈길 따로
마음은 늘 그쪽으로 건너가
그의 침묵을 수시로 흔들고 있다

오르기 위해 오른다

걸음마다 떨어지는 무게는
누구의 몫이 되는지
오를수록 몸이 가볍다
가쁜 호흡들이 나무를 키우는가
품 넓은 그늘에 드니
그 삶이 헤아려진다
저 투박한 주름 마디마디가
웃음이고 눈물이고
뜨거운 한숨이었으리라
내리막길의 슬픔을 아는지
감히 견줄 수도 없는
나무의 세월에 기대니
슬며시 바람을 내려준다
이 말 없는 위로를 만나러 온
가파르고 고된 길
누군가는 내려가기 위해 오른다지만
나는 오로지 한마음
오르기 위해 산을 오른다

오래된 습관

밥은 먹었느냐고
우두커니 앉은 침묵을
내가 먼저 건드렸다
시들한 정물 같은
골똘한 자세의 안부를
나는 자꾸 묻고 있었다

어제의 이별 자국
아직 지우지 못했는데
내 창으로 돌아앉은 간절함에
그날의 눈물이 다시 아픈데
밥은 먹었느냐고
십여 년 습관 어쩌지 못하고
내 먹이 하나 나누어 먹으며
길 고양이 외로운 그 생을
나는 또 간섭하고 있는 것이다

어느 외출

하루가 저무는 무렵
볼품없이 길기만 해서 슬픈 목숨
언제나 맨몸이라 안타까운
삶 하나가 길을 간다

집으로 돌아가는지
외출을 하는지
온 힘을 쏟고 있을 저 느린 질주

줄줄이 딸린 식솔이 있는지
마른 시멘트 바다을 무겁게 밀며
왜 가끔 온 생을 걸고
저렇게 나들이를 하는 걸까

구불구불 세상을 헤쳐 가는 모습에
이른 저녁은 어둡고
늙은 느티나무 뚝뚝 근심 내리는데
이쪽에서 저쪽까지가
한평생이겠다

흘려버린 낙서

저 여린 물살이 밀고 간
그날의 물길은 어디에 닿았을까
그대는 그대의 길에서
나는 내 길에서
가끔 한 번씩 멈추어 서서
돌아보다 가는 날들이었을 뿐
부딪히고 스쳐가는 무리에서 벗어나
비로소 홀로일 때
나의 길에 그대를 세워 보네
들풀도 고개 숙이는 계절에
기억의 숲은 푸르게 일렁거려
그 아득한 깊이에서
나는 시절 모르고
오래 오래 서성거리네
눈에 익은 허름한 간판들 세월이
지금 우리의 모습인데
여기서 무엇을 기대하는지
무심하게 흘러가는 물길
그 무심천변에 서서

침묵하는 밤

밤을 적시는 울음의 꼬리가
내 목에 감긴다
나는 자꾸 헛기침으로
저 어린 울음의 꼬리를 자르는데
자를수록 컹컹
전류처럼 온몸으로 번진다

내가 살기 위해서
잊어야 하는 일처럼
잊기 위해서
뜨겁게 눈물짓는 날처럼
울면서 가야 하는
그런 길이 있다
그 길에 서야 하는 목숨들이 있다

뒤척이면서도 모두 침묵하는 밤
나뭇잎 어룽거리는 창밖에
가득 차오른 달빛이 붉다

징검다리

산이 산을 이끌고 가는
지름길이었어요
수평이 서툰 내가
생이 부러질 듯 흔들리며 사는 풀꽃처럼
그 길을 가야 했어요
물길은 제 속도를 지키며 무심한데
곧은 심지가 없는 나는
사람과 사람 사이
생각을 건너다닐 때처럼
물의 눈치를 살펴야 했지요
생에 처음도 아닌데
처음처럼 서툴러서
돌과 돌 사이 그 마음을 넘었어요
풍경이 풍경의 손을 잡고
건너가는 그 길을

질문의 답을 찾다

너는 왜 먼 곳만 바라보는지
먼 데 길에서 길을 찾는지
걸어야만 사는 사람처럼
몇 날을 헤매다 지쳐 돌아오지만
나무와 들꽃과 바람의 사연을 풀어놓기도 전에
너는 또 더 멀리를 향하고 있었다
아물지 않는 상처도
가둬놓은 흐느낌도 더러는
지나가는 바람에 섞으면서
청송 어딘가를 걷고 있을 너
짐을 꾸리는 너의 뒤에서
언제나 질문이 되지 못한
오래된 질문의 답을
이제야 나는 찾는다
내 마음을 밝히는 것도
아득히 먼 산 아래
저 작은 불빛들이라는 것을

그 꽃은 왜 거기 있었을까

허술하게 닫힌
대문이 허락하는 만큼만
그 집 마당을 들여다보았다
내 키만큼 자란 풀들의 무성함이
빈집을 향한 호기심을 막아서는데
까칠한 초록을 피한 마당 끝에
그냥 지나칠 수 없는 꽃등 하나
홀로 빛나고 있었다
무엇으로 피어
무엇을 향한 길인지
처연히 밝은 분홍으로
내 안이 문득 어둑해졌다
풀밭을 서성이던 바람도 차마
그렁그렁한 빛에 다가설 수 없는지
우편함에 비뚜름히 걸린 채
몇 차례 빗물에 씻기기도 했을
반쪽짜리 사연만 뒤적거리고 있었다

무주를 지나며

붉은 싸리 꽃, 그 꽃빛 같은
아픔을 문은 산 절개지를 돌아
내 생에 처음 경유하는 길목
낯선 곳이 왠지 낯설지 않아
인기척 하나 없는 들판을 향해
입에 붙은 이름 하나
소리쳐 불러보고 싶었다
말 없어도 기다림이 보이고
등지고도 눈물이 읽히는
늙은 느티나무처럼 오래
마주보고 살아 온 사람들은
짙푸른 숲 어디에 그늘로 앉았는지
허공 가득한 매미 울음에
한 여름을 피워 놓은 능소화만
뜨겁게 젖고 있었다

또 다시 그곳에서

뿌리마저 뽑혀나가
흔적 하나 없는 곳에
나는 또 우두커니 서 있다
이제 기다림이 일상이 되었을까
매미 울음을 베고 누운 평상 위에서
동구 밖 큰길로 향한 눈길들이
방문객의 소음에 잠시 흔들린다
그곳 시간은 더디게 흘렀는지
오랜 싸움에서 살아남은
낯익은 모습은 그대로인데
그들 기억 속 어린 아이는 과속을 해서
어느새 몇 발치 건너에 닿아 있다

급하게 떠났나보다
손때 묻은 집기들이 널브러진 또 하나의 빈집
갈무리도 없이 고향을 등진 것은
다시 돌아오지 못한다는 무언의 암시일 것
그 마당 가득한 쓸쓸함에서 돌아서는데
잡풀 속에 오롯이 서 있는 감나무에서
오래될수록 밝아지는 이름들이
짙푸른 이파리에 얼굴을 묻고 있었다

빈집

꿈꾸는 풀이름들
먼 길 물어 물어 찾아오지 말고
철부지처럼 흐드러지는
봄꽃도 피지 말았으면

함성처럼 일어나는 여름풀들
시퍼렇게 시위하는
그리움의 절정도 없었으면

사는 것은 기다림이다
끝도 없는 기다림이다
스스로 달래며 기울어지는
가을꽃도 오지 말았으면

고해성사처럼 구부린 몸을
괜찮다 괜찮다 쓰다듬는
겨울눈도 내리지 말았으면

03

봄, 그 수채화

봄, 그 수채화

누군가
오랜만에 붓을 들었다
차마 지울 수 없는
오래된 기억 위로
천천히 번지는 물감들

거짓처럼 노란
새 발자국이 피어나고
잃었던 청춘이
고물고물 연두로 돌아오고
길은 환한 소식이 되어
비로소 숨쉬는 풍경

봄비

새초롬한 새색시 걸음으로
실비는 내리고

물 묻은 손 털고
뜰에 나서고 싶은데

마른 검불을 거두면
역 대합실처럼
기다리는 손님들이 줄 섰을 텐데
불 밝힌 듯 오는 길이 환할 텐데

어서 마중해야지
생각만 바쁘고
그칠 듯 그칠 듯 비는 내리고

산앵꽃

산허리 켜켜이 쌓아놓은
비밀스런 슬픔인 줄 알았지요

눈에 시려 얼핏
스쳐 가리라 마음 다졌는데
송이송이 가득 찬
글썽함이 보였지요

빛보다 환한 그늘
차마 그냥 지나칠 수 없어
제자리 맴도는 느슨한 걸음 위로
고요를 부수는 꽃비
꽃비가 내렸지요

손길인 듯 눈물인 듯
아프게 온몸을 적시는 꽃비
한 시절도 꽃비 따라
떠나가고 있었지요

노란 꽃

어둔 길목의 외등 같은
저 노란 꽃을 손짓해주고 싶은데
당신은 너무 멀리에 있고
나는 저 꽃의 이름을 모릅니다
간절한 기다림처럼
간곡한 절규처럼
허공에 우뚝 서 있는 저 꽃은
프로방스의 돌산을
봄으로 이끌고 있습니다
스스로 길이 되어 가는 저 모습을
당신에게 보내주고 싶은데
소실점으로 멀어지도록
뒤돌아보는 일뿐
손짓해 줄 수도
이름을 불러줄 수도
나는 아무것도 할 수가 없습니다

유채꽃

별 부스러기 같은 눈송이
허공에 무늬가 되면
넘칠 듯 고이는 물빛
그 환한 눈물을 보았다지요

환절기의 문 앞에서
거친 바람도 웃음으로 맞아
손 흔들어 환호하던 당신도
먹먹해진 순간이 있었다지요

스쳐가는 인연에게 한 아름
선물이고 싶은 미소 뒤에
가려진 많고 많은 고단함이
저 봄꽃들에게 있었다지요

꽃그늘

벚꽃 그늘 아래
하모니카 소리가 피어난다
예닐곱 노년이 엮은 둥근 울타리에서
물결 같은 가락이 출렁거린다
"아빠하고 나하고 만든 꽃밭에……"
감정이입되는 마디에서
미처 피지 못한 꽃망울이
울음처럼 터지고
도돌이표도 없는데 돌고 돌아
예닐곱 살 재롱 같은 가락을
만들고 또 만든다

울적해진 꽃잎 하나
눈물처럼 지고
환한 봄날에
꽃그늘이 그늘이다

그대 거기 있어서

꽃 한 송이 피어
뒤란이 환하다

비가 와도
바람이 불어도
마음이 먼저 건너간다

장미꽃도 아니고
함박꽃도 아닌
애기똥풀이면 어떠랴
돌아앉은 뒤란이 밝아진다면

그대 거기 있어서
세상이 환해진다면

개망초

허락도 없이 마음을 넘어와
사유의 길목이 환하다
가녀린 저 허리춤 어디에
질긴 고집이 사는 걸까
내 나약한 길 격려하는
든든한 후원자 같고
흰 수건 덮어쓰고 묵정밭으로 나앉던
혼자된 이모네 식솔 냄새도 난다

그 봄 내내
무슨 소문이 돌았는지
빈 마당 가득 찾아와
축제처럼 술렁이는
저 고요한 소란들

나흘에

사근대는 바람길 따라
나물 캐러 갔었는데요
밭두둑 파릇한 무늬 속에
숨은 그림처럼 봄나물이 앉았는데요
마주 바라보니 방실방실
조막손 흔드는 조무래기들 같아서
옛날 어린 내 동무들 손짓만 같아서
물컹해진 맘으로
아, 그래 그래
나도 아는 체를 하면서
그리운 이름들만 줄창 불렀는걸요
아지랑이처럼 번지게 외쳤는걸요

불미지의 하루

산 뻐꾸기 차분차분
봄날을 울고
하소연처럼 가끔 이웃 개가 짖는
문득 이 적막이 뭉클하다
사람들은 모두 어디로 갔는지
저녁이 올 때까지 인적이 끊기는 길에서
바람은 한낮의 시간을 굴리고
불씨처럼 번지는 들꽃 무리에도
홀로 겉도는 나는
정적을 통과하는 교외선 기차를
목적지도 없이 따라나선다
산길을 돌아 들녘을 쓸며
의정부 어디쯤에서 되돌아온다는
저 아련한 소리를
그러노라면 이웃은
다소 지친 모습으로 돌아오고
이웃 개는 온몸으로 주인을 짖고
뻐꾸기 울음 아득히 멀어지는
그 정경이 적막만큼 뭉클하다

*불미지의 봄 편지

도시의 소란은 멀리

벚꽃으로 피었습니다

피는 줄 모르게

산길 들길 조용히 가득합니다

나란히 고요한 꽃그늘로

사치를 모르는 사람들 바삐

산으로 들로 나가고

마을은 꽃, 꽃 때문에 적막합니다

시간을 밀던 흰 구름 허리가 결리는지

나무 우듬지에 걸터앉고

향기가 궁금한 바람은 느릿느릿

꽃잎 위를 서성입니다

아무렇게나 피어도 꽃은 꽃

아무렇지 않게 바라볼 수는 없어

그대 생각을 곁들입니다

이곳의 봄, 그대 사는 도시와 무관하게

벚꽃 그늘에서

참 고요합니다

---

*고양시 선유동

등꽃 필 무렵 · 1편

내 속을 흐르는 강물은
어디를 꿈꾸고 있는지
길에 서서 또 길을 찾는데
언어를 모두 반납한 사람처럼
무겁게 입 다문 하루를
고요한 길목에 부려 놓았다
나도 모르는 어느 한 시절
오붓이 한 살림 꾸린 듯
눈에 익은 풍경을 돌아서지 못하는데
오래 서성이는 마음으로 건너 온
낮은 지붕아래 등꽃 타래들

저 등꽃 여운 내 몸에 새겨져
걸음마다 아련히 향기로 피어나면
견디다 견디다가
한번쯤 뒤돌아보리라
전생의 한 때였을 거라고
슬며시 인연의 고리를 걸쳐보는
프로방스의 이 봄날을

봄날은 간다

이웃 노부부의 호미질 소리에
어수선한 내 마음 밭을 다듬는데
나무를 건너다니는 새소리가
새삼 깨우쳐주는 봄날이다
보내놓은 소식도 없이
우편배달부 기척에 문득
환해지는 골목을 돌아보지만
전해오는 안부 하나 없어도 괜찮다
오래오래 나를 지나가는 그대 있어
이 계절도 괜찮은 것이다

나무에서 나무로
새들은 꽃향기를 나르는지
흥청거리는 봄 향연도 모르는 듯
풀밭을 넘나들며 쑥 순을 자르는데
미안한 듯 머뭇거리며 내려오던
어느 해 봄눈처럼
소리도 없이 꽃잎이 진다

마음으로 가는 길

길 없는 길에 서니
아픈 자리 만져주던
그대 농담 같은 바람이 불고

발자국 발자국마다
꽃이 피어납니다

풀잎이 살포시 흔들리니
바람의 길인가 봅니다

마음이 가는 곳
거기가 길인가 봅니다

상실

흰 구름으로 너는
푸른 하늘을 가는데
네가 그립다는 말
아무도 하지 못한다
오래 금기어가 되어버린
너의 이름

꽃잎에서도
풀잎에서도
너는 저렇게 선명한데
나는 잠의 언저리만 다녀오는지
대낮처럼 환하게 드나들던
그 많던 꿈 하나도 없다

능소화

가파른 길목마다
땀으로 오른 발자국이 푸르다
바람소리 따라 기울어짐은
오랜 기다림에 길들여진 자세
낯가림이 심해서
그 높이에서 마음을 열었구나
마침내 뜨거운 속내를 보였구나
마음에서 마음으로 가는 길이
허공뿐이라니

하늘 맞닿은 저기 어디쯤
너의 사랑이 보이지 않을까
볼 붉어지도록 외친 목소리는
메아리로 돌아오고
고목의 등을 빌려
질긴 그리움을 밟느라
흰 고무신 어디에 정갈하게 벗어놓았는지
늘 가지런한 맨발이다

04
그바람을 듣네

꽃무릇

한 계절의 황혼기를 은둔으로 견디다
언젠가 두고 온 내 기도의 답을 찾으러
선운사에 들렀습니다
하염없이 누굴 기다린 듯
단풍잎 앉았다 떠난 자리가
지문처럼 새겨진 길 위에서
문득 그대 안부가 궁금했습니다
어느 은밀한 곳에
거두지 못한 질긴 미련 하나 기대했지만
짙푸른 흔적으로 남은
그대 슬픈 발자국만 보았습니다
차디찬 겨울 강을 건너야
그대 만날 수 있다는데
어긋나야만 하는 인연처럼
내게는 왜 아득하고 아득한
먼 길이기만 한 건지요
계절을 갈무리하는 바람에
속절없이 밀려다니는 낙엽들 뿐
어디에도 그리운 그대는 없었습니다

꽃잎 같은 발자국만 남기고

개망초 하얀 꽃 무리
고요히 소란스런 마당에서
얼핏얼핏 뛰노는
저 실루엣을 따라 다닌다

꽃들 속을 마구 뛰어다니는데
꽃대 하나 흔들지도
부러뜨리지도 않는다

너는 내게 어떻게 왔을까
눈 맞추면 하루같이 즐겁던
꼬리를 향하던 질문
이제 갈 곳이 없다

꽃잎 같은 발자국만 남기고
떠나간 저 뒤편을 헤매다
하얀 꽃 무리를 적시며 돌아오는 시선에
풍경은 늘 축축하다

비, 그리고

계절을 건너가는 비를
멀리서 바라만 보다
잘라내지 못한 가느다란 울음자락
그 후줄근한 슬픔 속으로 들어갔다
이젠 나무도 우는가
참을 수 없는 흐느낌 같은
훔쳐 주고 싶은 푸른 눈물들을 지나
사람 많은 거리에 서니
가슴을 흘러내리는
뜨거운 생각 한 줄기
어깨 부딪히며
나를 지나가는 저 목소리가
너였으면 좋겠다고
파란 비닐우산이 있던
그 시절이었으면 좋겠다고

새

새가 운다

지붕 꼭대기에 올라

뚜렷한 방향도 없이

두리번거리며

운다

어스름이 내리고

기다림이 아름다운 시간은 가고

새는 우는데

어두워지는데

부재의 거리

내 게으른 걸음에 속도를 보태던
뜨거운 울음 끌고 매미는 가고
등 빌려주던 국수나무 이파리에
남겨진 울음자국이 붉다

너 떠난 자리에 서니
비로소 보이는
부재의 거리
치열하던 매미 울음 속만큼
깊고도 아득하다

여름

저 빗속을
젖고 또 젖어서
몇 발 걸어 돌아보고
또 돌아보고 간다
자두나무 뿌리까지 흔드는
슬픔도 모자라
질펀하게 엎드려 통곡해야
이별의 서정이라고
그제야 천천히 산을 넘는다
그래도 다 넘지는 않고
산마루에 서서
매미를 울리고
또 울리고

쓸쓸한 일기

오솔길 가득한 햇살 무늬 사이로
가는 줄 모르게
하루가 갑니다
풀잎을 향하던 연민도 한때
거칠어진 풀잎들 마음에서 떠나고
걸음마다 밟히던 그대 생각
녹음 속에 묻힙니다

구름이 모였다 흩어지는 한 세월을
멍하니 바라보는 사이
푸른 자두는 알알이 굵어가고
가는 줄 모르게 하루가 갑니다

환절기

나무들의 움직임이 없다
새떼가 빈 하늘을
노동처럼 한참을 저어간 후
또 다시 텅 빈 하늘
구름도 가고 오지 않는다

풀벌레가 갉아놓은
나뭇잎들의 흉터
제 길을 못 견디고
스스로 내려앉은 풋감
낙서처럼 그어놓은 거미의 터전에서
나비 한 마리 오래 오래 풍장된다

초록의 숲을 벗어나니
지난날의 절정이 보인다

헤세를 만났다
-카페 헤세에서-

여름 꽃들이 어우러진 정원에
젊은 그가 있었다
사람들은 한 번씩 그의 이름을 부르며
꽃 계단을 오르고 내리는데
*여름이 시들어 가기 전에 정원을 가꾸자고
그는 막 피어난 백일홍 꽃잎에
물을 주고 있었다
그의 손길 따라 꽃들이 수런거리고
노란 나비가 날고
출렁거리는 찻잔 같은 설렘으로
그의 이름을 몇 번 더 불러보았지만
그는 끝내 돌아보지 않았다

세월을 거슬러 왔는지
여름 물푸레나무처럼 푸르러진 그가
거기에 있었다

---

*헤세의 시 '꽃에 물을 주며'에서

찔레꽃

오래 닫혀 있던 바깥은
연두가 짙어지고
이파리는 잎맥을 넓히고 있었다
바람이 살에 감기니
오랜 해후를 향한 길목처럼
걸음이 흔들린다
골똘히 궁리하는 자세의
그 흔한 이름의 나무도
어제의 그는 아닐 것
내가 어제에 머물러 있는 사이
차근차근 놓여진 이 돌계단으로
계절은 몇 번이나 다녀갔을까
멈추면 보인다지만
오래 머물면 모두 사라지는 것
오랜만의 일탈을 부추기는
아련한 향기를 따라가니
탕진해버린 내 많은 봄날이
덤불 가득 하얗게 피었다

정사꽃

하필이면 오는 길이
우기의 한 때였을까
피할 수도 없는 장대비의 폭언에
침묵으로 맞서더니
그 장마 우레를 품고 떠난
햇빛 좋은 어느 날
조용히 부재를 내걸었다
무너질 것 같은 젖은 생을 끌고
그 몸이 우산이 되어 가는 동안
우기 때마다 시들해지는
내 은둔이 길었나보다
부재 뒤의 캄캄한 여백을 헤집으니
질척거리며 걸어갔을 둥근 발자국마다
비밀스레 간직한 약속의 말이
알알이 여물고 있었다

그 바람을 듣네

아침의 고요를 흔드는 것은
자작나무 숲이었네
가을 숲에서 그 바람을 듣네

바람을 가르는 새 발자국에
하늘 길이 출렁이네

한 끼 밥처럼 안고 다니던 근심도
잘 있느냐고
허공에 부려지던 안부도
모처럼 무겁지 않네

숲을 지나는 바람처럼
고개 숙인 날들도
나를 지나갈 것을 믿네

지금은 잠시 걸음을 가다듬을 때
가을 숲에서
그 바람을 듣네

*고래 일기

세상 홀로 있는 듯
이쯤에서 바라보는
저무는 하늘 여백이 눈부시다
온종일 빈 길목을 지키느라 구부러진
억새도 눈길에서 돌아왔는데
깊고 고요한 돌담의 저녁으로
아직 돌아오는 사람은 없다
작은 새 한 마리
삼나무 몸을 빌려 바삐 움막을 짓느라
하염없이 고요를 쪼는데
그래, 서둘러야지
오름 너머로 하루가 가는데

*제주시 소재

가을 여행

집이 비어갑니다
뒤척이는 몇 밤을 보내고
또 몇 날
마음의 짐을 꾸렸겠지요
그렇게 조용히
멀고 긴 여행은 시작되고
허공은 푸르게 깊어갑니다
돌아오기 위해 떠나는
저 예정된 이별을
묵묵히 바라보는
늙은 물푸레나무
주위가 고요합니다

늦가을

바람으로도 길 떠나지 않는
붉은 감잎들
눈 감은 듯 캄캄한 나무에
슬며시 내 몸 기대보는데
열매 떠난 자리의 공허가
상처처럼 도드라진다

어느 생에도
홀로 침묵하며 건너야 하는
아득한 강은 있는 것
세월이 흘러도
돌아볼수록 빈자리는
저렇게 아픈 것이다

날개옷

그늘을 밟아가는 가로수 아래
발끝에 스치는 가벼운 소리 있다
무시할 수 없는 어떤 신호처럼
느낌이 구부려 앉은 곳에
구김도 해진 곳도 없어 건드리면
금방이라도 휙 날아오를 것 같은
날개옷 한 벌 있다
태양도 땀 흘리는 아직은 한여름
소나기처럼 울음들은 쏟아지는데
그는 저 울음 밭을
조용히 걸어 나왔을 것이다
서둘러 생의 길목을 벗어 난
그 삶의 경계는 어디일까
살아내기 위해
무엇이건 견디는 사람들처럼
그가 견디어야 하는 것은
울음인지 어둠인지

한 벌의 날개옷을 짓기 위해
몇 번의 밤을 지새워야 하는지

내 앞에 놓인 기다림처럼
쪼그려 앉아 짚어보는 시간이
아득하고도 아득하다

05
심심한 편지

입추

무슨 기척인가 있었나 봐요
새벽잠에서 문득 눈을 떴을 때
시무룩한 달이 보였어요
어제보다 더 야윈 모습으로
내 창에 머물러 있더군요
괜찮은 거냐고
나도 되묻고 싶은
그 따뜻한 질문 앞에서
나지막이 풀벌레가 울더군요
얼마나 절실하면
이 새벽 울음이 되는지
울음 끝이 길게 이어지더군요
눈물만큼 간절한 언어가 있을까요
새벽이 울음으로 우련 밝아지더군요

산문에 들다

내 생의 어느 한 고비를 적시던
눈물 같은 비는 내리는데
오래 바라만 보던 그대에게
첫말 트던 설렘으로 산문에 든다
길에 부려져 무늬가 된 붉은 낙엽들은
피해 갈 수 없는 고녀
아픈 말씀들이다
아직 때가 아니라고
동백 숲은 말이 없는데
캄캄한 침묵을 채근하듯
적시고 또 적시는 빗줄기
산사에 사는 모두가 부처라
잔돌 하나 바람 한 줄기도
함부로 내치지 못한다
"불치의 외로움 그리움 모두 놓고 갑니다"
불자도 아닌 몸이
넌지시 합장하고 돌아서니
선운사 풍경소리가
비에 젖어서 앞을 선다

우연히

한 계절이 천천히 저무는 길목
산목련 그늘 밑을 지나가는 당신을
우연히 보았습니다
조금 구부러진 허리 탓에
집시풍의 긴 치맛자락이 발끝에 밟혀
드문드문 당신 걸음은 끊어졌고
바람에 살포시 일렁이는 모자 속에서
미안한 듯 백발이 술렁이고 있었습니다
산목련 시든 꽃잎을 만지작거리는
당신 곁을 스쳐가며
얼굴 가득 주름진 골이 만든
오래된 무늬를 조심스레 읽었습니다

당신은 피곤한 듯
등받이가 있는 나무 의자에
소녀처럼 조그맣게 앉았고
모자가 만든 그늘이
당신 얼굴에 짙은 근심이 되었습니다
나는 당신에게 줄곧 마음이 가서
시든 꽃잎으로 꽃송이를 만들던 마술사가

당신을 작은 아이로 다시
피어나게 할 수는 없을까 생각했습니다
땅에 끌린 채 여전히 여인이기를 희망하는
당신의 슬픈 긴 치맛자락을, 당신을
나는 오래 오래 감상했습니다
우연히 나를 보았습니다

억새꽃

억새꽃이 생각나서
바람 부는 억새꽃 길을 걷다가
육거리 시장으로 갔더니
좌판을 펼친
억새꽃들이 있다
시장 골목마다
촘촘히 만개한 억새꽃
무던히도 흔들리며 사는
흔들려도 쓰러지지 않는 억새
하얀 억새꽃들

어느 한 계절의 길목

가슴에 묻어 온 얼굴처럼
환호하듯 밀려오는 몸짓들이
부스럭거리며 따라 온
내 안의 소음들을 순간 다스려
두 손에 잡고 있는 일상의 끈을
가만히 놓아 줍니다
고단한 삶들을 응원하며
길이 되고 바람이 되는 사람들
끊임없이 길목을 휘돌아 가는데
몸으로 쓰는 절절한 언어들은
절룩거리며 헤맨 많은 날들의 울음만 같아
출렁출렁 밟아가는 자국이 축축합니다
어느 한 계절의 길목에서
서걱거리는 바람소리로 삶이 어지러울 때면
마음 홀로 무수히 다녀가겠지요
저물녘 하늘도 눈물 글썽거리는
순천만 갈대숲을

어느 날의 오후

하늘 저편으로 날아가는
새 무리를 배웅했네
펼쳤다가 접어 둔 책갈피
모나미 펜으로 몇 자 써가던 종이
날아 온 문자를 물고 있는 휴대폰
어느 것에도 마음 가지 않았네

내 안에 아직도 청춘이 들썩거려
햇빛이 갈라놓은 음영 속을
이 날 저 날 건너듯 드나들었네
새들이 가는 푸른 길에서 떨어지던
물기 같은 것이 우련 만져졌네
고인 듯 고여 있는 듯
그러나 흘러가는 시간
엎어진 대접처럼
울고 싶었네

심학산 가는 길

하얀 물결 출렁이던
배꽃강은 어디로 흘러가고
팔 벌린 나무들이 달고 있는
복면 쓴 정체들
비 그치고 햇살은 푸른데
실눈 뜨고 소란한 길목을 듣는지
막막한 날들이라
그저 캄캄하게 보내는지
어두웠던 날들을 목청 높여
철 늦은 매미가 우는데
환하게 빛나던 배꽃강은
어디쯤에 닿았을까
아름다움만 기억하면
저 속에서 늙는 일도 행복하겠지
비 그치고 햇살은 푸른데
캄캄한 복면 속을 위로하며
내가 나를 위로하며
배 밭을 지나 심학산에 간다

심심한 편지

남향 창문으로
바람의 길을 내고
오늘은 그대에게 편지를 쓰리

하얀 건반의 음계를 짚어가듯
그 마음과 이 마음의 조화를 생각하면서
잡음은 넣지 않고 꼭 할 말만 쓰리

말 못하는 그리움도 있으니
보고 싶다는 말은 하지 않으리
연둣빛 물보라 속에서
참다 못해 꽃 한 송이 피워 올리는
꽃다지 사연 같은 냄새는
절대 풍기지 않으리

눈뜨면 맞이하는 아침처럼
계절은 또 그렇게 와 있더라고
심심한 듯 싱거운 듯
그런 편지를 쓰리

그해 십일월

한낮의 적막 속으로
감잎은 더 고요히 지고

기다릴 일도 없이
지는 감잎 헤아리다가
무엇으로 사나 문득
옛사람을 향하던 쓸쓸한 관심

바람만 드나드는
허름한 빈집들
야위고 찬 빈손들

새들이 우짖고 가는 날이면
못다 핀 꿈같은 둥근 열매 하나
조금씩 몸을 헐고 있었다

십일월의 엽서

바람은 지친 발소리로 지나가고
처음인 듯 이 계절이 낯설어
허수아비 되어 서 있습니다
마른 숲에 산국화는 피어
홀로 고요한데
꽃에도 그늘이 있어
바라보는 하루가 서늘합니다
밀려다니는 나뭇잎들
저 아득한 슬픔들
길을 잃어본 날이 없는 그대여
행여 낭만을 말하지 말아요
떠나야하니까
보내야하니까
저 늦가을의 눈빛
자작나무 맨살 같은 쓸쓸함이
길목마다 눈부십니다

그 겨울에 남긴 발자국

산 너머 아랫마을에
꽃 소식이 들려오는데
아직도 나는
하얀 겨울 숲을 걷고 있다

잃어버린 기억의 회로를 찾아가듯
짐작으로 짚어가는 눈밭에서
한발 앞선 발자국이 길이고
그를 따르는 내 의지도
누군가에게 길이다

산골짜기까지 찾아와
길을 밝혀주는 눈송이들이
오래오래 물어오던 질문들에
끝내 말문 닫아놓고
그 길을 꼭 가야만 하는 사람들처럼
마지막 생을 다하는 사람들처럼

산다는 것은
스스로 길을 만들어 가는 거라고

길 없는 길은 없는 거라고
어느 날 갑자기 하얗게 지워진 *선재길을
어느 늦은 겨울날의 그 길을
지금도 나는 걷고 있다

_____
*월정사에서 상원사로 가는 숲길

겨울 바다

빈 바다를 꿈꾸지는 않았다
몇 사람이 바람에 흔들리는
억새처럼 서 있었고
또 몇은 동백을 조문한
이야기를 풀고 있었다
바다는 잔잔했지만
계절마다 찾아와 던져놓은
사람들의 화두는 바다의 몫이 되어
삶은 여전히 힘들어 보였다
달려와 부서져서 돌아가는 노동
저 고된 일상에도 끝이 있을까
가만히 던져보는 질문에
답은 아득하다

겨울나무

감나무 까치밥에서
겨울은 선잠에 들고
아늑한 쉴 곳 찾아
몸 굴리는 가랑잎들 사이에서
마음이 먼저 춥다

나뭇가지의 스산한 공백들
섬세하게 펼쳐놓은
남루한 맨살들

고통의 시간을 보내기위해
기꺼이 옷을 벗는 나무

무엇이건 견디어내려면
나도 버려야 할 것이
몇은 있을 것이다

폭설

할 말이 많다
온종일 쏟아놓는
짧은 단어 긴 이야기
위기도 절정도 없는데
지루하지는 않다
지나온 발자취는
내 것이나 남의 것이나
오르막 내리막이 있는 장편 소설이다
목이 메는 고개는 헛기침으로 넘고
눈물나도록 웃고 가는 길목도 있으리라
장단 놓던 소리들도 가고 없어
가슴 떠들썩한 순간마다
홀로 감탄사를 던진다
밤은 깊어 가는데
어둠은 밝아지고
감정 이입도 없이
이야기는 현재 진행형이다

차디찬 적막

별빛 하나에도
출렁이던 가난한 서정이
오늘은 화이트 카펫을 밟으며
맘껏 화려해 보리라
겨울 강 깊은 품속에
따뜻한 흐름을 안고 가듯
지워 버린 듯 맨 얼굴이나
피부 깊이 드리우고 있는
서늘한 그늘 같은 것
저 하얀 벌판에 잠시 내려놓으면
그 또한 빛이 되어
별처럼 보석처럼 반짝이지 않겠는가
맨발의 시린 삶들이여
철없는 이 소란을 부디 용서하시라
눈부신 차디찬 적막에도 한번쯤
뜨거운 갈채를 보내고 싶었으니

잔설

쫓기듯 숨어든 곳이
저 어둑한 산비탈이다

햇빛 한 오라기 드나들지 않는
그늘로 그늘로만

기억을 모두 지워 놓고
조그맣게 움츠렸던
내 어머니의 어머니
그 벼랑 끝 세월처럼

햇빛 좋은 날이면
더욱 눈에 밟히는
저 숨죽인 글썽거림들
비탈길을 적시는
눈의 눈물들

epilogue

떠나보내면
무지근하던 어깨가 가벼워질 줄 알았다.
마음자리가 환해질 거라고 생각했다.
험한 세상에 빈손으로 나간 피붙이처럼
냉정한 시선을 견디어야 할
맨발의 내 시어들 때문에
문득문득 아득해진다.
그 아득함을 견디면서 왜 이 길을 고집하는지
스스로에게 질문을 하지만
답은 더욱 아득하다.

또 다시 가을이다.
가을은 왜 이렇게 빨리 돌아오는 것일까?
아니, 내가 과속을 했나보다.
들녘이 노랗게 익어간다.
가을볕 뜨겁게 등에 지고 가는 나도 내 시어들도
이 가을에 제대로 익었으면 좋겠다.

2014년 가을 어느 날에 송미정

송미정 시집